TODO MUNDO É MISTURADO

| BETH CARDOSO

Escarlate

À Isabel e seus lindos cachinhos.

Copyright do texto © 2016 by Elizabeth Cardoso
Copyright da ilustração da capa © 2016 by Renato Alarcão

Grafia atualizada segundo o Acordo Ortográfico da Língua Portuguesa de 1990, que entrou em vigor no Brasil em 2009.

Ilustração da capa
RENATO ALARCÃO

Projeto gráfico
ENTRELINHA DESIGN

Preparação de texto
LILIAN JENKINO

Revisão
KARINA DANZA

cip-Brasil. Catalogação na Publicação
Sindicato Nacional dos Editores de Livros, rj

C259t
    Cardoso, Beth
    Todo mundo é misturado / Beth Cardoso. — 1ª ed. — São Paulo : Escarlate, 2016.

    isbn 978-85-8382-035-2

    1. Literatura infantojuvenil brasileira. i. Título.

16-30250	cdd: 028.5
	cdu: 087.5

11ª reimpressão

Todos os direitos desta edição reservados à
SDS EDITORA DE LIVROS LTDA.
Rua Bandeira Paulista, 702, cj. 71D
04532-002 — São Paulo — sp — Brasil
☎(11) 3707-3500
⌂ www.companhiadasletras.com.br/escarlate
⌂ www.blogdaletrinhas.com.br
f /brinquebook
⌾ @brinquebook

SUMÁRIO

A novidade	5
Hermanos	9
Palavras trocadas	13
Falsos amigos	15
Muy amigos	17
Boa ideia	21
Mal-entendido	23
Festa de formatura	29
Longe daqui	33
Aqui mesmo	39
Confusão armada	43
Sobrou para o Pablo	47
Injustiça é uma *&¨%$#@!	51
Graça perdida	55

Fiesta no, trabajo	**57**
Mapa de origem geográfica	**59**
De onde você veio?	**63**
Pazes	**65**
Por que as pessoas mudam de país?	**67**
Fotografando o passado	**73**
Lhamas, poncho, *chola* e flauta de pã	**77**
Dizem por aí	**83**
Em busca do tempo perdido	**89**
A caixa florida	**93**
Um dia (quase) na África	**97**
Misturados e juntos	**99**

A NOVIDADE

Como sempre, Júlia chegou à sua casa ao meio-dia e meia, e sua mãe, Dora, gritou do quarto:

— Chegou, filha? Tudo bem na escola? Alguma novidade?

Normalmente, a resposta de Júlia seria: "Cheguei. Tudo bem. Tudo igual". Mas naquele dia ela tinha uma novidade.

— A professora faltou, ficamos com a substituta e tem um aluno novo na classe. Ele é da Bolívia — disse Júlia, pegando uma banana da fruteira.

— Rua Bolívia? Não conheço. É perto daqui? — perguntou a mãe, que se arrumava para sair.

— Não, mãe! Ele é boliviano, uma pessoa que nasceu na Bolívia — explicou Júlia.

A mãe achou um pouco estranho. Talvez fosse comentar algo, mas o celular tocou, e enquanto falava ao telefone, ela foi dizendo para Júlia:

— O almoço está em cima da mesa. Tenho de ir até a editora acertar uma revisão. Conversamos à noite. Beijo, se cuida.

O assunto continuou na cabeça de Júlia, que até a hora do jantar ficou quietinha, pensando no novo aluno.

Por que ele veio morar aqui? Como é viver na Bolívia? Ele mora com os pais? Tem irmãos?

— Ele fala português? — perguntou a mãe durante o jantar, entre uma garfada e outra.

Júlia ficou intrigada com a pergunta. Nunca tinha pensado que encontraria alguém que não falasse a sua língua.

— Boa pergunta, mãe. Não sei. Ele não falou nada.

— Então é porque não fala português. Quando estamos em um país diferente e não compreendemos bem a língua, tendemos a ser mais tímidos e calados do que normalmente somos — explicou Dora, que já viajara meio mundo antes de Júlia nascer.

— Amanhã vou perguntar para ele — disse Júlia, decidida.

— Isso mesmo, filha. Faça amizade com ele. Nada melhor que um amigo novo. E, como ele vem de outro país, vocês têm muito a ensinar um ao outro. E quem sabe...

— Ah, não, mãe! Lá vem você de novo com essa história de escrever diário — disse Júlia, interrompendo a mãe.

— Como você adivinhou que eu ia falar sobre isso? Mas é verdade, seria uma boa oportunidade para começar um diário. Pensei que você fosse querer escrever quando sua melhor amiga foi morar no Japão, por isso te dei aquele caderno tão lindo, com cadeado e tudo. Mas você não quis. Então, se não começou quando uma amiga foi embora, comece agora, quando um amigo está chegando.

Júlia ficou aborrecida com a insistência da mãe, triste de saudade da Mitiko, a amiga que foi morar no Japão, e resolveu ir para o quarto dormir.

...

HERMANOS

No dia seguinte, quando chegou na escola, Júlia ficou observando o menino boliviano, e foi como sua mãe disse: ele passou o tempo todo sozinho, afastado das outras crianças.

Na entrada, ele correu para a sala de aula e ficou quieto, sentado na última carteira, no canto. No intervalo, encontrou a sombra do prédio vizinho e se aninhou embaixo dela, observando uma pomba que passeava por ali em busca de algo para comer.

Júlia ficou olhando de longe, sem ser percebida. Ela estava reunindo coragem para puxar conversa com o menino. Mas o intervalo passou rápido demais e a coragem dela precisava de mais algumas horas para chegar.

Depois do intervalo e da algazarra, todos voltaram para a sala de aula. A professora pediu silêncio e começou a explicar.

— Pessoal, atenção! Vocês devem ter percebido que desde ontem temos um novo aluno na classe. Como ontem eu faltei, faço hoje a apresentação oficial. O nome dele é Pablo, nosso novo amigo.

Todos olharam para aquele menino tímido, com cabelo de indígena sem ser indígena, pele morena sem ser negro, olhos puxados sem ser japonês.

Ele ficou congelado. E já ia esconder o rosto nos braços cruzados em cima da mesa, quando a professora disse:

— Vamos dar as boas-vindas a ele.
— Bem-vindo, Pablo! — gritou a classe.
— O que se responde, Pablo? — cobrou a professora.
— *Gracias* — disse ele, tímido, e todos caíram na gargalhada.

A professora pediu silêncio e disse:
— Isso mesmo, obrigada — e retomou a aula.

Júlia ficou pensando na palavra engraçada que ele disse: "*gracias*". "Ele deve ter ficado chateado por todos terem rido, mas foi mesmo engraçado. A gente esperava que ele dissesse 'obrigado'." Júlia também tinha dado risada, mas parou de rir ao ver que o menino estava envergonhado.

Na saída, todas as crianças passavam por ele e gritavam *gracias*, *gracias* e riam sem parar.

O menino apertou o passo e saiu quase correndo. Júlia foi atrás, preocupada, pensando que ele estava magoado com aquelas gracinhas.

— Ei, Pablo, espera! — gritou Júlia na rua, em frente à escola.

Ele não parou. Ela andou mais rápido.
— Não fica triste. É que não estamos acostumados com esse jeito de falar "obrigado" — explicou Júlia.

Mas Pablo não deu atenção a ela.

Atrás de Júlia, alguém gritou:

— *Hermano, hermano.*

Pablo parou, olhou para trás e esperou uma garotinha parecida com ele, uns três anos mais nova, que devia estar no segundo ano. Os dois deram as mãos e seguiram juntos. Júlia voltou para casa, intrigada.

...

PALAVRAS TROCADAS

Na hora do jantar, a mãe de Júlia quis saber mais sobre o novo aluno.

— Ele não fala muito — disse Júlia.

— E você tentou falar com ele? — perguntou a mãe.

— Não tive tempo.

Mentiu porque tinha vergonha de ter vergonha de falar com Pablo. Ela então contou o que aconteceu na hora da saída e perguntou:

— Mãe, será que o nome dele é Pablo Hermano, como o seu Hermano do açougue, e a menina chamou pelo sobrenome?

— Acho que não. Provavelmente a menina é irmã dele, pois *hermano* é irmão em espanhol — explicou a mãe.

Júlia ficou impressionada com a inteligência da mãe. Ela estava certa. *Hermano* era irmão em espanhol. Isso explicava tudo.

...

FALSOS AMIGOS

Pablo faltou à escola e Júlia ficou preocupada. "Será que ele ficou tão magoado com as risadas por causa do seu jeito de falar que não vai mais voltar?", pensou. Depois, ela mesma se acalmava e dizia: "Impossível. Ele deve ter uma mãe, e as mães são todas iguais: aqui, na Bolívia ou na China, nunca deixam os filhos pararem de estudar". Durante o recreio, Júlia concluiu seus pensamentos: "Amanhã ele estará de volta, aí eu falo com ele".

Mas, enquanto esperava na fila da cantina, ouviu outros alunos falando de Pablo.

— Vocês viram o boliviano por aí? — perguntou Gustavo, um grandão da sala deles.

— Hoje ele não veio. *Gracias* a Deus! — disse Gerusa, caindo na gargalhada com todo mundo.

— Será que ele vem amanhã, ou já desistiu antes de a gente dar as boas-vindas para ele? — disse Ângelo, cheio de más intenções.

— No que você está pensando, Ângelo? — perguntou Gustavo.

— Pensei que a gente podia chamar o garoto para uma partida de futebol no intervalo e, durante o jogo, não passamos a bola, até ele perceber que estamos brincando de bobinho e que o bobinho é ele, solitário, bem sozinho na quadra, na escola e no bairro. O que vocês acham? — perguntou Ângelo, animado.

— Legal! Perfeito! Vamos! Vamos! — dizia cada um dos sete ou oito alunos que estavam na fila da cantina.

Júlia ouviu tudo, saiu de fininho e correu, desesperada, para a diretoria.

— Posso falar com a diretora? — disse, aflita, à secretária.

— Ela não está. Foi a uma reunião na diretoria de ensino. Não volta mais hoje. Só amanhã — respondeu a secretária, sem tirar os olhos da papelada que estava organizando.

— E a inspetora? — insistiu Júlia.

— No pátio.

Júlia correu até ela e contou tudo o que sabia.

— Júlia, não vai acontecer nada. Além do mais, se eu ficar atrás de toda brincadeira de mau gosto desses moleques, vou ter de me mudar para cá e nem assim darei conta do trabalho. Vá estudar e não se preocupe tanto.

Júlia ficou triste com a indiferença de todos. Voltou para a classe com uma ideia fixa: tinha de avisar Pablo sobre o plano dos meninos.

...

MUY AMIGOS

No dia seguinte, quando chegou à escola, a primeira coisa que Júlia viu foi o grupo de meninos do quarto e quinto anos em volta de Pablo, fazendo-se de amigos e convidando-o para uma partida de futebol durante o recreio.

Pablo afastou-se do grupo todo feliz, pois adorava futebol e ia ser bom começar novas amizades.

O coração de Júlia ficou partido. Não queria decepcioná-lo ao revelar as verdadeiras intenções dos falsos amigos, mas não tinha outro jeito. Ela precisava contar a verdade.

— Pablo, Pablo! Não vá ao jogo — disse Júlia bem baixinho e discretamente para que os outros não ouvissem.

— Quê? Por quê? — perguntou Pablo, confuso.

Júlia, então, sussurrou em seu ouvido:

— É uma armadilha. Vão fazer você de bobo.

Pablo olhou para ela, ofendido, e foi para a sala de aula sem falar nada.

Júlia esperava um obrigado ou um *gracias*, ou talvez a oportunidade de começarem uma conversa. Mas Pablo parecia zangado. Ela ficou sem entender.

Compreendeu menos ainda quando viu Pablo sendo feito de bobinho no jogo de futebol, com todo mundo do quarto e quinto anos em volta da quadra, rindo alto e gritando *gracias* toda vez que Pablo tentava pegar a bola. Até que a inspetora veio e acabou com a brincadeira de mau gosto. Júlia pensou que Pablo fosse chorar, mas ele aguentou firme, voltou para a sala de aula e ficou lá até o final.

Na hora da saída, Júlia foi até ele e perguntou se estava tudo bem. Ele não respondeu nada. Aí ela quis uma explicação:

— Eu te avisei que era uma armadilha. Por que você aceitou jogar?

— *Armadillo?* — perguntou Pablo, confuso.

— Não. Armadilha — disse Júlia, pronunciando a letra "a" com força na voz.

— Ah, *yo pensé que habías dicho armadillo. Entonces no entendí y me quedé molesto contigo* — explicou Pablo.

— Não entendi quase nada do que você falou. O que é *armadillo*? — perguntou Júlia.

— *Es un animal que cava la tierra y hace agujeros para ocultarse* — disse Pablo.

— Animal? "Agucero"? Você quis dizer "aguaceiro"? Animal que fica embaixo de uma chuva muito forte? — perguntou Júlia, tentando entender o que Pablo dizia.

— *No, no. Es uno que vive en la tierra y come hormiga.*

— *Hormiga* é formiga? Terra e formiga... Um tatu! — adivinhou Júlia.

— Tatu? — perguntou Pablo.

— Em português é tatu. Mas eu não te chamei de tatu, apesar de você andar por aí se escondendo de todo mundo — brincou Júlia. E os dois riram juntos.

— Isso mesmo. Tatu. Agora lembrei. Eu me escondo para não passar o que passei hoje no intervalo.

— Ah, você sabe falar português — observou Júlia.

— Estou em São Paulo há um ano e, antes de me matricular na escola, meus tios me ensinaram o que sabiam de português — contou Pablo.

— E por que você não fala português o tempo todo?

— Porque quando fico nervoso, ou com medo, as palavras em português fogem do meu pensamento e da minha boca.

— Então agora você está calmo. Significa que somos amigos?

— *Puede ser* — disse Pablo, novamente nervoso.

Júlia riu, Pablo riu também, e os dois caminharam juntos até a esquina.

— E como se diz armadilha em espanhol?

— Dizemos *trampa*.

— Trampa? Da próxima vez direi que estão com *trampa* para cima de você.

Os dois riram da pronúncia de Júlia.

— Todo mundo na sua família é boliviano? — perguntou Júlia.

— Quase todo mundo. Eu, meus pais, minha avó, minha irmã e meus três tios somos bolivianos. Mas meus tios se casaram com brasileiras e tiveram filhos aqui. Todos trabalham juntos na oficina de costura que funciona em casa mesmo. E na sua família?

— Todo mundo é brasileiro. Mas somos apenas minha mãe e eu. O nome dela é Dora, ela é revisora de livros e trabalha em casa a maior parte do tempo. Meu pai, todo mundo chama ele de seu Luiz, é contador, mas não mora com a gente. Ele disse que precisava de espaço e a gente só se vê aos sábados.

— *Mira*, minha irmã já está me esperando ali na outra esquina. Tenho de ir. *Hasta la vista*.

— Tchau — respondeu Júlia.

Júlia foi para casa feliz da vida. Quantas novidades teria para contar à sua mãe. "Armadilha, *trampa*, tatu, *armadillo*. Aposto que essa nem minha mãe sabe."

• • •

BOA IDEIA

Assim que chegou em casa, Júlia correu para falar com a mãe, mas ela não estava. Um bilhete na geladeira avisava que tinha ido ao banco e ao mercado e que voltaria o mais rápido possível.

Júlia ficou inconformada. "O mais rápido possível", repetiu para si, com enfado. Ora, ela precisava contar para alguém, imediatamente, a conversa com Pablo. Afinal, foi sua primeira conversa em espanhol. Pensou que a mãe demoraria uma eternidade no banco e mais uma vida no mercado. Foi ao quarto decidida a ligar para o celular da mãe e contar tudo por telefone mesmo. Mas só dava caixa postal. Tentou ligar para a avó, mas ninguém atendeu. "A essa hora ela está aguando as plantas. Não vai ouvir o telefone tocar", pensou Júlia. Resolveu ligar para o pai.

— Pai, pai, alô?

— Júlia? Oi, filha, tudo bem?

— Tudo bem, pai. Preciso te contar uma coisa muito legal que aconteceu. Eu conheci...

— Filha, se não for nada sério, a gente se fala depois. Agora estou no meio de uma reunião. Um beijo, te ligo.

E desligou.

Sem ter com quem conversar, Júlia se lembrou da ideia de começar a escrever um diário. Foi até a cômoda e, do fundo da última gaveta, tirou da embalagem o presente que havia ganhado de sua mãe há mais de um ano: um lindo caderno com capa de couro, decorado com as palavras "Querido diário" escritas com letras douradas e um pequeno cadeado ao lado. Júlia pegou a chave, abriu o cadeado e começou a escrever.

Hoje é segunda-feira, 11 de março de 2013, e resolvi começar este diário porque não tenho com quem conversar. Depois que a Mitiko foi morar no Japão, fiquei muito sozinha ☹. E, como fiz amizade com um garoto boliviano ☺ (o primeiro estrangeiro de verdade que conheço, já que a Mitiko tinha cara de japonesa, mas era brasileira), vou querer anotar todas as palavras novas que ele me ensinar. Hoje aprendi que armadilha é *trampa* e que tatu é *armadillo*.

...

MAL-ENTENDIDO

Júlia e Pablo se cumprimentaram quando se encontraram na escola. Pablo emprestou a borracha para Júlia e no intervalo foram juntos para a cantina. Definitivamente eram amigos.

Quando estavam na fila esperando para serem atendidos, Ângelo e sua turminha se aproximaram, e Gustavo foi o primeiro a provocar:

— Olha só, não sabia que agora temos um casal...

— ¿*Qué dices?* — perguntou Pablo, nervoso.

— Que casal bonito, hein, gente? A esquisitinha e o boliviano — e todos caíram na risada.

— *Sí, sí, tenemos un casal y ustedes no tienen nada que ver. ¡Cállate!* — gritou Pablo.

Aí foi aquela zoeira!

E o pátio inteiro gritando:

— *Tá* namorando, *tá* namorando!

Júlia saiu correndo e Pablo ficou sem saber o que fazer.

Na sala de aula, Pablo resolveu escrever um bilhete para Júlia e enviá-lo de mão em mão pelas fileiras, até que chegasse nela.

¿Qué pasa, guapa? ¿Por qué saliste corriendo? ¿Estás bien?
Discúlpame escribir en español, pero estoy un poco nervioso.
Pablo

Júlia demorou a entender a letra fininha de Pablo e seu espanhol. E, mesmo depois de entender, não compreendeu nada. Mas resolveu responder ao bilhete, que fez o caminho de volta, de mão em mão pelas fileiras.

Como assim? Você viu o que fez? Por que disse que estamos namorando?
Júlia

Quando leu o bilhete, Pablo ficou atônito. Namorando? Que história era aquela? Então, escreveu outro bilhete.

Yo no dice nada. Creo que hay un malentendido.
Pablo

Júlia amassou o bilhete e, quando tocou o sinal da saída, ela já estava na porta da sala de aula, correndo para chegar em casa.
Nesta tarde, não quis conversa com ninguém, nem com o diário. Apenas escreveu:

Querido diário, hoje fui pedida e despedida em namoro. Também nem estava a fim.

Durante o jantar, Júlia não falou nada e quase não comeu. A mãe estranhou, puxou conversa, mas nada animava a filha. Na hora da sobremesa, alguém bateu palmas no portão. Dora foi ver quem era.

— Júlia, é seu amigo Pablo. Ele quer falar com você.

Júlia correu para o quintal e encontrou Pablo.

— Oi, Júlia, tudo bem? Preciso explicar o que aconteceu hoje.

— Você trocou as palavras de novo, não foi? — adivinhou Júlia.

— Isso mesmo. Como você sabe?

— Não sei, adivinhei. Mas qual palavra foi trocada dessa vez?

— Eu entendi que o Gustavo tinha dito que eu morava em um *casal*, que para nós é casa grande. Como as pessoas daqui implicam que moramos todos juntos, achei que ele estivesse rindo da nossa casa, que tem quatro andares. Os vizinhos dizem que é um cortiço, como se isso fosse algo ruim, mas não é. Somos quinze pessoas que moram juntas, só isso.

— Não, não. Quando ele disse "casal", estava falando de namorados. Dizendo que nós somos namorados — explicou Júlia.

— Agora eu sei. Meu tio me explicou tudo. E, na verdade, depois que passou o nervoso, eu mesmo notei que tinha feito outra confusão. Você me perdoa?

Júlia pensou um pouco, para se fazer de difícil, e disse:

— Só se você me contar como se diz casal de namorados em espanhol.

— Isso é fácil. *Pareja*. Dizemos *pareja*.

— *Pareja*. Legal. Você quer um pedaço de pudim de pão?

— Não, já está tarde. Amanhã você quer ir na minha casa depois da aula? Você almoça lá e conhece a minha família. Foi ideia do meu tio.

— Vou perguntar para minha mãe e te digo na escola. *¡Hasta la vista!*

— *¡Hasta pronto!*

De volta à mesa, Júlia pediu autorização para ir à casa de Pablo.

— Tudo bem, mas esteja aqui às três horas, combinado?

— Combinado.

Depois de um tempo, Júlia perguntou:

— Mãe, como se diz boa tarde em espanhol?

— Acho que é boa tarde mesmo. Veja na internet.

Júlia correu para o computador e pesquisou "boa tarde em espanhol".

A melhor resposta trouxe exatamente o tipo de frases que ela precisava para causar uma boa impressão junto à família de Pablo.

Principais termos do espanhol
Bom dia = *Buenos días*
Boa tarde = *Buenas tardes*
Boa noite = *Buenas noches*
Oi, olá = *Hola*
Adeus = *Adiós*
Até logo = *Hasta luego*

Até breve = *Hasta la vista*
Apresento-lhe o sr. = *Le presento el señor*
Apresento-lhe a sra. = *Le presento la señora*
Muito prazer (em conhecê-lo) = *Encantado*
Como está o sr. / a sra.? = *¿Cómo está usted?*
Muito bem = *Muy bien*
Obrigado(a) = *Gracias*
E o sr. / a sra.? = *¿Y usted?*
Bem, obrigado(a) = *Bien, gracias*
Desculpe = *Perdón*
Com licença = *Perdón / Con permiso*
Dê-me licença = *Permítame*
Faça o favor (de passar) = *Detrás de usted*
Boa sorte! = *¡Buena suerte!*

— Não, mãe, é *buenas tardes*! — gritou Júlia, animadíssima.

Antes de dormir, ela decorou a lista de frases e depois voltou ao diário.

~~Querido diário, hoje fui pedida e despedida em namoro. Também nem estava a fim.~~

Querido diário, hoje foi mais um dia engraçado, cheio de confusão com palavras em espanhol e português. Existem palavras que são escritas da mesma forma, mas que significam coisas muito diferentes! Casal, em espanhol, é casa grande, e casal de namorados é *pareja*. Eu e Pablo não somos uma *pareja*, e

ele mora em um *casal*. Amanhã vou visitá-
-lo.
 Buenas noches e buena s~~orte~~ suerte.

...

FESTA DE FORMATURA

Quando Júlia chegou à aula do dia seguinte, a escola toda já sabia que ela e Pablo não eram um casal, mas apenas amigos.

A confusão com as palavras em espanhol e português tinha sido esclarecida por uma aluna do sétimo ano que publicou a explicação no Facebook. Júlia adorou não ter de falar mais naquele assunto. Pablo também ficou aliviado. Ângelo, Gustavo e sua turma nem se abalaram e agiram como se nada tivesse acontecido.

A professora deu aula normalmente e tudo transcorreu na mais perfeita ordem. Apenas Júlia estava um pouco ansiosa com a visita que faria à família de Pablo.

Júlia estava insegura com a pronúncia das palavras da lista que tinha imprimido da internet e também estava com medo de ficar em um lugar onde ninguém falasse a sua língua. Será que entenderia a conversa? Será que compreenderiam o que ela dissesse? E se cometesse alguma indelicadeza ou fosse mal interpretada? Foi então que ela percebeu que Pablo se sentia assim todos os dias: sozinho em um lugar onde ninguém fala sua língua.

— Júlia, Júlia, levanta a mão, levanta a mão! Você está viajando? Levanta a mão! — disse a menina que se sentava atrás dela.

— O que foi? Levantar a mão para quê? — perguntou Júlia.

— A professora está perguntando quem vai querer participar da festa de formatura do Fundamental I, no fim do ano. Você vai, não é mesmo? Então levanta a mão — explicou Carol.

Júlia ergueu a mão rapidinho. Todos tinham erguido, inclusive Pablo.

— Que bom que todos vão participar. Vai ser uma cerimônia simples, mas muito bem planejada e significativa para vocês e suas famílias — continuou a professora, em tom formal.

— Professora, tem de pagar alguma coisa? — perguntou Gustavo.

— Boa pergunta. Sim, vamos estabelecer uma pequena taxa mensal para pagamento da beca e da decoração do pátio. Mas vai ser bem barato. Se mesmo assim alguém tiver problema com isso, vamos resolver caso a caso. Mais alguma dúvida?

A professora ficou um tempo parada, esperando alguém levantar a mão. Quando já ia mudar de assunto, Pablo criou coragem e resolveu perguntar.

— Professora, por favor, se *la escuela es gratis por qué necesitamos de becas?*

A professora pensou um momento e depois respondeu.

— Desculpe, Pablo, mas acho que não entendi a pergunta.

— Ele é assim mesmo, professora, não fala coisa com coisa — disse Ângelo.

Todos caíram na risada.

— Espere um momento. Nada de rir da pergunta de um colega. Vamos entender o que ele está dizendo e tentar responder. Pablo está há pouco tempo no Brasil e ainda não domina plenamente nosso idioma. Isso é normal. Se vocês tivessem de se mudar para a Bolívia, para Cuba, para a Espanha ou para qualquer país onde se fala espanhol, também estariam passando dificuldades.

Todos se calaram. Júlia olhou para Pablo e viu que ele tinha entendido o que a professora dissera e que tinha ficado contente de finalmente a escola tê-lo defendido.

— Pablo, por favor, pergunte novamente. Eu não entendi o que tem a ver a beca com a escola ser gratuita — disse a professora.

— *Es que en Bolivia se dan becas para estudiantes que no pueden pagar la escuela.*

— Ah, entendi. Você está confundindo *beca* com beca. Beca em português é uma roupa especial que as pessoas vestem em formaturas ou que os juízes usam para trabalhar, ou seja, é uma toga. E *beca* em espanhol é bolsa de estudo, não é mesmo, Pablo?

— Isso mesmo, professora — concordou Pablo.

— Agora você entendeu que a escola continua de graça, mas que precisamos pagar o aluguel das becas para usarmos na formatura? — perguntou a professora.

— Entendi — disse Pablo, bem mais calmo.

Durante o intervalo, Carol e outros dois alunos se juntaram a Júlia e Pablo para comer o lanche e conversar, mas todos ficaram calados com medo de as palavras se enrolarem em suas bocas. Eles as engoliram junto com o suco.

No fim da aula, Pablo e sua irmã levaram Júlia para visitar a casa deles. Quando chegaram lá, Júlia teve várias surpresas.

...

LONGE DAQUI

A casa de Pablo era realmente grande e bem animada, cheia de gente entrando e saindo. No térreo, moravam os tios e a avó de Pablo, que todos chamavam de *abuela*. Os tios não estavam, mas a avó de Pablo recebeu as crianças com um grande abraço.

— *Mis chicos, ¿cómo están?* — perguntou a simpática senhora.

Pablo apresentou Júlia com muito orgulho:

— *Abuela*, esta é Júlia, uma amiga da escola.

— *Mucho gusto. Qué guapa eres.*

Júlia reuniu toda sua coragem e disse com timidez:

— *Gracias, mucho gusto.*

— *Y hablas castellano... Qué bueno* — comentou a avó, dando uma piscadela para Pablo. — *Vayan a jugar en la terraza que yo voy a preparar unas salteñas y api.*

— Vamos, vamos — Pablo saiu correndo, puxando Júlia pelo braço.

Júlia se deixou levar, mas ficou muito preocupada, achando que ia ter de jogar futebol, coisa que ela detestava, e que a avó ia cozinhar algo com muita pimenta para ela comer.

A casa tinha quatro andares, e eles correram por uma escada grande até chegar ao último. Era um espaço enorme, sem paredes divisórias, mas nitidamente organizado em quatro grandes áreas, uma para sentar e conversar, outra para dançar, outra para comer e outra para as crianças brincarem.

Tudo muito colorido, com tecidos diferentes, fotografias de vários lugares da Bolívia, roupas e brinquedos típicos.

Júlia ficou admirada, boquiaberta.

— Pablo, mas que lugar é este?

— Meu pai e meus tios estão construindo este lugar desde que chegamos. Eles dizem que é um cantinho da Bolívia em São Paulo. Muitas festas e encontros da comunidade boliviana em São Paulo acontecem aqui. Não é legal?

— Muuuuuuito! Quero saber de tudo. Que fotos são estas?

— São da nossa aldeia.

— Mas parece Marte!

— Parece mesmo. É o Salar de Uyuni. Lá é um grande deserto de sal. Por isso viemos para cá.

— Eu nunca iria embora de um lugar tão lindo.

— É lindo na foto, mas viver lá é muito difícil.

— É difícil, mas dá saudade — disse uma mulher que entrava no cômodo.

— *Madrecita*. Nem sabia que estava em casa. Júlia, esta é *mi madre*, Nina.

— *Mucho gusto* — disse Júlia

— *Encantada* — respondeu Nina, a mãe de Pablo.

Júlia ficou abismada com Nina, ela era em tudo uma indígena. Júlia olhou tão fixamente para ela que a mulher acabou perguntando:

— Tudo bem, Júlia? *¿Pasa algo?*

— Tudo bem. Desculpe-me, é que a senhora é tão linda e diferente, nunca tinha visto uma indígena antes.

Todos riram da sinceridade de Júlia. Até que Nina começou a contar sua história.

— Minha mãe e meu pai, já falecido, nasceram e moraram durante muito tempo no povoado de Colchani. Como a vida era difícil, eles migraram para Cochabamba, viveram cinco anos lá, mas também não conseguiram ganhar o suficiente para nos sustentar. Eu nasci lá, em Cochabamba. Sabe onde fica? — perguntou para Júlia, que balançou a cabeça negativamente, ainda com o olhar de surpresa diante de tanta novidade.

Nina levou Júlia e Pablo até um enorme mapa da Bolívia que estava pendurado exatamente no meio da parede principal da sala.

De um lado do mapa, tinha a bandeira da Bolívia, também muito grande, com suas listras verde, amarela e vermelha e, do outro lado, estava pendurado um vestido multicolorido, com uma saia bem rodada e fitas de várias cores. Nina continuou:

— Vejam no mapa. Aqui embaixo, no sudoeste da Bolívia, fica Colchani e Uyuni. Mais para cima, quase no centro, fica Cochabamba. Mas, como estava dizendo, quando eu tinha quatro anos de idade meu pai resolveu se mudar para La Paz, que fica ainda mais para cima e é uma das capitais da Bolívia, a outra é Sucre.

— Sabia que a altitude em La Paz é diferente daqui? — disse Pablo, todo sabido. — A altitude lá chega a 3.600 metros. Você mal consegue respirar.

Júlia quis perguntar "como assim?", mas ficou com vergonha de não saber disso e nem sobre nada do que estavam falando. Então ficou calada, tentando aprender o máximo possível. A mãe de Pablo continuou a falar:

— Conheci meu marido, casei e tive meus filhos em La Paz, mas as coisas também não iam bem, então viemos para o Brasil.

— Também foi assim com a família da minha melhor amiga, a Mitiko — começou a contar Júlia. — Primeiro os seus avôs vieram do Japão para cá, porque as coisas não estavam boas lá, até guerra tinha, e acharam que aqui seria melhor. Casaram, tiveram filhos e netos. Aí o pai da Mitiko ficou desempregado, não conseguiu outro emprego aqui e resolveu ir para o Japão. Lá ele trabalha muito e disse para a Mitiko que só vão voltar quando tiverem muito dinheiro. Pode ser que demore, né? — perguntou Júlia para a mãe de Pablo.

— A vida é assim, Júlia. As pessoas devem buscar seus sonhos. Se não está bom em um lugar, em outro pode ser melhor — tentou explicar Nina.

— Nossa família *tá* nessa. A gente saiu da Bolívia e veio para o Brasil, primeiro para o Mato Grosso, depois São Paulo. Gosto mais daqui porque... — Pablo olhou para Júlia com tanta doçura ao dizer isso que ela esperou ouvir que o motivo de ele preferir São Paulo era tê-la conhecido, mas antes de Pablo terminar a frase, um rapaz bateu o portão com força e começou a gritar: "Pablo, Pablito".

— É meu primo Juan. Normalmente ele é legal, mas parece que está um pouco nervoso hoje.

— *¿Qué pasa, hijo mío?* — escutaram a avó perguntando, lá no térreo.

— *Necesito hablar con Pablo sobre la escuela. ¿Dónde está aquel cabrón?* — gritou, subindo as escadas.

— *¿Pero que pasa? Tranquilo, Juan* — outras vozes tentaram acalmá-lo.

— *¡No voy a tranquilizarme mientras él no se vengue de eses chicos en su escuela de mierda!*

Quando ouviu a última palavra, Júlia teve certeza de que estava na hora de ir para casa. Mas já não dava mais tempo. Em um salto, Juan estava dentro da sala diante de Pablo, sua mãe e Júlia.

— O que foi, Juan? — perguntou Nina, em português.

— *Es que...*

Nina interrompeu:

— Fale em português e tente ficar calmo.

— Eu soube que Pablo vem sendo perseguido na escola. Não quero que ele passe o que passei. Então vamos cortar o mal pela raiz e dar uma surra nesses garotos brasileiros.

A avó, que vinha logo atrás de Juan, pediu a Júlia e Pablo que fossem com ela até a cozinha para fazer um lanche e que deixassem Nina conversar com Juan.

AQUI MESMO

Júlia ficou aliviada quando viu que a avó do novo amigo tinha preparado empanadas e suco de uva.

— Adoro suco de uva — disse, agradecida.

— *No es uva. Es zumo de maíz morado. Llamamos de api. Pruébalo* — a senhora pediu para que Júlia experimentasse.

Desconfiada, Júlia bebeu um golinho, enquanto Pablo tomou de uma vez só.

— Bom, não é? É suco de milho roxo — explicou o menino, lambendo o bigode que o suco tinha deixado em cima de seu lábio.

— É diferente, mas é bom.

— Ah, mas das *salteñas* você vai gostar — Pablo foi falando, comendo e oferecendo para Júlia o prato que ela achou que fosse empanada.

— Mas pensei que fossem empanadas.

— *Es lo mismo. Pruébalo* — insistiu a avó.

Depois do primeiro bocado, Júlia falou animada: é igual a nossa empanada, mas é mais gostosa.

— *¡Qué guapa eres!* — disse a avó, orgulhosa de sua receita de família.

De repente, Juan desceu a escada correndo e saiu batendo o portão.

— Vou atrás dele — avisou Pablo.

— Eu vou com você — disse Júlia, levantando-se. — *Mucho gusto y muchas gracias, abuela* — disse, antes de passar pela porta.

Pablo e Júlia correram para alcançar Juan e só conseguiram porque ele parou no meio da rua e ficou encarando os dois.

— O que essa *chica brasileña* faz em sua casa?

— Ela é minha amiga. É uma pessoa muito boa — defendeu Pablo.

— O que você tem contra mim? Nem te conheço. Conheço? — disse Júlia, sem medo.

— Todos naquela escola detestam os bolivianos. Você deve ser igual.

— Do que você está falando? Os únicos bolivianos lá são o Pablo e a irmã, e eles estão se adaptando bem. Não é, Pablo?

Juan ficou muito zangado com a resposta e foi embora chutando o asfalto. Júlia ficou olhando para Pablo, sem entender nada.

— Júlia, você não deve ter percebido, mas muitas crianças bolivianas estão estudando em nossa escola. Isso porque é um bairro onde moram e trabalham muitos bolivianos.

— É mesmo, eu não tinha percebido. Como sou tonta. E seu primo estuda lá também?

— Estudava. Desistiu por causa das brigas com os estudantes brasileiros — respondeu Pablo, meio envergonhado.

— Ah... E onde ele estuda agora?

— Não estuda mais. Parou no nono ano.

— Minha mãe sempre diz que essa é a única coisa totalmente proibida. Devemos continuar estudando, aconteça o que acontecer.

Um silêncio de tristeza tomou conta dos dois, e começaram a caminhar lentamente, meio sem rumo. Até que Júlia lembrou que tinha prometido estar de volta às três horas da tarde.

— Que horas são? Estou atrasada. Minha mãe vai me matar. Obrigada por contar as coisas da Bolívia e pelo almoço. Amanhã a gente se vê na aula — deu um beijo no rosto de Pablo e foi embora.

Pablo ficou um tempo parado na rua, olhando ir embora a primeira menina não boliviana que lhe deu um beijo. Assim que ela dobrou a esquina, ele saiu em disparada à procura de Juan.

•••

CONFUSÃO ARMADA

Quando chegou à casa de Juan, Pablo não encontrou ninguém. Pensou que todos deviam estar costurando na oficina que ficava ao lado. Correu para lá e a única máquina vazia era a de Juan. Desde que ele saiu da escola, sua mãe, que era irmã da mãe de Pablo, ensinou-o a costurar, assim ele ajudava a família na pequena oficina que montaram. Lá trabalhavam os pais de Juan, ambos bolivianos, Juan, três primos de seu pai e suas esposas, duas bolivianas e uma brasileira, e mais uma senhora brasileira que era vizinha deles. O grupo costurava dia e noite.

Pablo cumprimentou os parentes e perguntou por Juan, como se não o visse havia muito tempo. Agiu assim para não chamar a atenção da tia. Mas ninguém sabia de Juan. Pablo tinha um palpite: ele devia estar na pracinha, olhando os meninos andarem de *skate*. Dito e feito: Juan estava lá, encostado no muro, com cara de poucos amigos.

— O que foi que você e minha mãe conversaram? — perguntou Pablo.

— Ela veio com aquele sermão de bom moço, bom cidadão e blá-blá-blá.

— Ela tem razão. Comigo está dando certo. Tenho até uma amiga. A Júlia.

Juan riu de Pablo, como se ele fosse o garoto de dez anos mais ingênuo da América Latina.

— Do que está rindo? Você não acredita que eu possa fazer amigos? — Pablo perguntou, irritado.

— O negócio é o seguinte: família em primeiro lugar. Então nós vamos nos unir e dar uma surra naqueles moleques que armaram para você na quadra da escola. Certo?

— Nós quem?

— Eu, você e nossos primos.

— Isso é guerra de gangues?

— Chame do que quiser. Vai acontecer amanhã, na saída da aula.

Juan foi embora e Pablo ficou pensativo e preocupado. Seu primo parecia tão revoltado que quem o olhasse por trás veria um tigre pronto para atacar. Sentiu medo. Esse medo dormiu, acordou, tomou café da manhã com ele e o acompanhou até a escola no dia seguinte.

Diário do céu, você não acredita como a Bolívia é bonita! Tem até deserto de sal, cordilheiras e parte da Floresta Amazônica. Aprendi muitas coisas na casa do Pablo hoje. Aprendi sobre a altitude elevada de La Paz, mais de 3.600 metros acima do nível do mar. Em São Paulo, a altitude é 760 metros! Temos várias coisas parecidas: a Amazônia, algumas palavras e as empanadas, que os bolivianos chamam de *salteñas*. Provei suco de milho roxo (*zumo de maíz morado*). Na verdade, não gostei do suco.

Conheci um primo do Pablo que é meio sinistro. Contei para minha mãe que ele saiu da escola por não aguentar os outros alunos enchendo o saco só porque ele é boliviano. Minha mãe falou que isso é preconceito, que a escola tinha de fazer alguma coisa pelos alunos estrangeiros do bairro. Eu também acho. Mas, enquanto a escola não se mexe, o primo do Pablo está querendo briga. Vingança. *Venganza*.

Como será que a Mitiko está se virando lá no Japão? Será que está enfrentando esse tipo de preconceito também? Saudade da minha amiga. Ela nunca mais me escreveu. No começo, ela mandava foto e *e-mail* todo dia, depois de três meses passou a ser uma vez por semana e no fim do semestre só nos falávamos pelo Skype uma vez por mês. Agora, já faz um ano que ela está lá e faz uns quatro meses que não tenho notícias. Vou escrever um *e-mail* para ela.

...

SOBROU PARA O PABLO

Pablo chegou mais cedo à escola e ficou parado na entrada da sala, rezando para que todos os meninos que costumavam humilhá-lo não fossem à aula. Assim não haveria briga e ele não seria expulso. Mas suas preces não foram ouvidas. Um por um, os integrantes da turma de Ângelo e Gustavo foram chegando. Pablo esperou Júlia, que chegou aflita.

— Não tem jeito. *Vamos a tener pelea. Cuando termine la clase, vete a su casa.* Quando a aula acabar, vá direto para sua casa — recomendou Pablo à amiga.

— Não. Temos de resolver isso. Vamos falar com a diretora.

— *Qué no, qué no. Si yo denuncio Juan, será como una traición.* Por favor, Júlia, não se meta.

Júlia ficou magoada com o tom autoritário de Pablo e decidiu que resolveria tudo sozinha durante o intervalo.

Assim que tocou o sinal, ela correu até a secretaria e pediu para falar com a diretora.

— Ela está despachando com o vice-diretor. Espere um pouco — respondeu a secretária.

Passados alguns minutos, Júlia perguntou se ela ainda ia demorar.

— Não sei. Essas coisas podem acabar em trinta segundos ou em duas horas.

— Duas horas! Nem pensar! Vai acontecer um desastre histórico, a diretora tem de me ouvir agora!

— Sei... Olha, o intervalo já vai acabar. Volte para sua sala e retorne depois da aula. Eu prometo que a diretora te receberá imediatamente, combinado?

O sinal tocou e, antes de ir embora, Júlia fez a secretária jurar que ela seria atendida imediatamente após a aula.

Pablo viu quando Júlia saiu da secretaria e ficou furioso.

— O que você fez? Falou com alguém sobre o que vai acontecer?

— Não. Não falei com ninguém.

— *¿Lo juras?*

— Juro.

Com o fim da aula, Júlia voltou correndo para falar com a diretora. Ela demorou dez minutos para atendê-la e mais uns cinco para compreender o que Júlia falava entre lágrimas. Depois de entender que haveria uma briga entre os meninos brasileiros e os bolivianos, a diretora chamou o vice-diretor e os dois inspetores de alunos, e correram todos para a rua, a fim de evitar a briga. Júlia também foi com eles. Quando chegaram ao portão, ouviram a gritaria:

— Briga! Briga! *¡Pelea! ¡Pelea!*

Na esquina, havia um círculo enorme formado por alunos da escola e, no centro deles, um grupo de oito meninos se socavam, chutavam e se agarravam. O maior deles era Juan, que quase não apanhava, mas Pablo já estava sangrando.

Depois de muito empurra-empurra, os inspetores conseguiram separar os meninos.

— Quem não é aluno, suma daqui agora, antes que eu chame a polícia. Quem é aluno, venha comigo — gritou a diretora.

Resultado: do grupo de bolivianos, só restou Pablo. Depois dos curativos e de interrogarem alguns alunos, os inspetores chegaram a um veredito e informaram a diretora.

— Quem começou tudo foi o boliviano.

— O Pablo? — perguntou a diretora, incrédula, diante daquele menino meigo de dez anos.

— Ele mesmo. E foi por vingança.

Deixaram Pablo sozinho em uma sala e foram para a secretaria procurar o telefone de sua família para que alguém fosse buscá-lo e para comunicarem a sua expulsão.

Júlia ficou atônita. Não podiam fazer isso, era injusto.

— Ele não começou nada e, além disso, os bolivianos são realmente perseguidos e humilhados na escola — ninguém deu atenção a ela. Então Júlia voltou para a sala onde estava Pablo e tentou conversar com o amigo.

— Pablo, não se preocupe. Vou chamar minha mãe e ela vai explicar tudo para a diretora.

— Eu falei para você não se meter.

— Só queria ajudar.

Pablo não disse mais nada, apenas abaixou a cabeça e ficou olhando para o cadarço de seu tênis. Júlia achou melhor ir embora e pedir ajuda para a mãe.

• • •

INJUSTIÇA É UMA *&¨%$#@!

Júlia chegou em casa muito agitada, falando trezentas palavras por segundo. Dora demorou a entender o que havia acontecido. Tentou acalmá-la, minimizar a situação.

— Eles não vão expulsar o Pablo por isso, filha. Foi só uma briga de crianças.

— Eles já expulsaram. Você tem de ir lá falar com a diretora e explicar que o Pablo não tem nada a ver com isso, que quem planejou a briga foi o primo dele, o Juan. Promete que vai conversar com ela, promete?

— Amanhã irei com você até a escola e veremos o que pode ser feito. Agora tenho de trabalhar e você tem de ficar calma. Promete?

Júlia fez que sim com a cabeça, mas sabia que seria difícil ficar parada enquanto seu amigo sofria. Como estaria Pablo? E sua família?

No outro dia de manhã, Dora foi com Júlia à escola e, no caminho até lá, já quase chegando à esquina do colégio, ouviu duas mães conversando sobre a briga do dia anterior.

— Você soube da baderna que os bolivianos fizeram ontem?

— Está todo mundo comentando. Eu já esperava. Estrangeiro na casa da gente sempre dá nisso. Não sei por que não fica cada um no seu lugar...

— Eles vêm aproveitar do que é nosso: escola, hospitais, trabalho...

Até que a mãe de Júlia não aguentou e interrompeu:

— Aqui no Brasil somos todos estrangeiros. A não ser que vocês sejam indígenas. São?

As mulheres ficaram caladas, com cara de ofendidas, e Dora correu para a diretoria. Júlia não participou da conversa que sua mãe teve com a diretora, mas viu pela porta de vidro que sua mãe, em determinado momento, ficou de pé e balançou muito os braços enquanto falava. Diante daquele empenho todo, Júlia pensou que, das duas, uma: ou ia conseguir salvar Pablo, ou ela também seria expulsa.

Sem aguentar de curiosidade, ela resolveu dar a volta pelo jardim e ouvir a conversa pelo lado de fora, embaixo da janela.

— Pode parecer absurdo para você, mas tivemos de tomar uma providência. Tivemos de dar o exemplo. Não vamos tolerar violência aqui — disse a diretora para a mãe de Júlia.

— E isso vai resolver o problema? A senhora não percebe que a violência é apenas uma consequência de algo mais sério e maior? O que temos aqui é preconceito, é desinformação. Temos de integrar os estudantes bolivianos.

— Não sei, não. Não é a primeira vez que alguém dessa família causa problema...

— E o que foi feito da outra vez?

— Expulsamos o Juan.

— E adiantou? Não! Porque, felizmente, não podem expulsá-los do bairro, da cidade, do país. O papel da escola é integrar e ensinar seus alunos a conviver com o diferente. Não há outra solução.

— Digamos que eu concorde com você. O que poderíamos fazer?

Houve um silêncio na sala e Júlia percebeu que sua mãe não tinha resposta para aquela pergunta. Então, ela levantou e gritou:

— Eu sei, vamos fazer uma festa!

Dora ficou muito nervosa com a intromissão da filha. Disse que não era hora para festas, se desculpou com a diretora e mandou Júlia ir para a sala de aula, pois a conversa já tinha acabado.

Antes de se despedir, Dora disse para a diretora que a coisa certa era chamar o menino de volta, encontrar uma solução para o verdadeiro problema: o preconceito.

— Mas e o Pablo, vão chamá-lo de volta? — quis saber Júlia.

— Já para a aula. Isso é assunto da direção e dos professores. Tenho certeza de que eles vão tomar a decisão correta — disse sua mãe encerrando o assunto e se despedindo com pressa.

Júlia foi para a classe pensando que mais uma vez tinha estragado tudo.

• • •

GRAÇA PERDIDA

Júlia detestou a aula. Estava todo mundo murcho, sem graça, vários alunos tinham faltado e ninguém confirmava se Pablo tinha sido expulso ou não. As horas se arrastaram até o sinal da saída. Mas, no meio do caminho para casa, Júlia resolveu visitar Pablo e ver como ele estava.

A casa do amigo estava silenciosa, ouvia-se apenas o barulho das máquinas de costura do terceiro andar. Todos trabalhavam, quietos. Não havia o aroma dos temperos da avó de Pablo, nem a cantoria dos trabalhadores.

Júlia entrou sem bater e encontrou Pablo chutando uma bola contra a parede da garagem.

— Oi, Pablo — disse, tímida.

— Oi!

— Você ainda é meu amigo?

Bola batendo na parede.

— Você só faltou ou foi expulso?

Bola batendo na parede.

— Seus pais já foram falar com a diretora?

Pablo agarrou a bola, sentou nela e começou a cutucar um buraco no chão.

— Hoje eu disse que o melhor jeito de resolver tudo isso é dando uma festa.

— *¿Qué? ¿Te volviste loca?* — perguntou Pablo sem esperar resposta, pois entrou em casa com modos de quem não queria receber visitas.

Júlia foi embora triste.

Quando chegou em casa, foi direto para o computador e escreveu para Mitiko.

Olá, Mitiko. Que saudade. Tudo bem aí? Aqui está tudo mais ou menos. Na escola *tá* uma bagunça. Os meninos brigaram porque não gostam dos estrangeiros, dos bolivianos. Não, todos, não. Você sabe quem. O Ângelo e sua turma são os piores. E aí, estão te tratando bem? Espero que sim. A formatura vai ser no fim do ano. Como é a sua escola? Fiquei amiga do Pablo, um boliviano. Mas não sei se ele ainda quer ser meu amigo. Você fez alguma amizade aí? Tomara que sim, porque o mundo sem amigos é uma droga, não é? Bom, vou almoçar, porque *tô* com fome. Vê se escreve ou manda uma foto, ou os dois. Ah, *tô* escrevendo um diário. Se um dia você vier para cá, eu deixo você ver. Mas só você. É segredo, *tá*? Um monte de beijos e carinho no cabelo.

Júlia

...

FIESTA NO, TRABAJO

Passou uma semana. Sete dias de marasmo. Não se falou mais no assunto. Pablo não ia à aula, mas não tinha sido expulso, estava apenas afastado. Os outros garotos foram voltando aos poucos. Uns com curativos nos braços, outros nas pernas e alguns com o rosto arranhado. Mas aos poucos parecia que tudo estava voltando ao normal. Menos para Júlia, que sentia falta de Pablo.

E, naquela sexta-feira, logo depois do intervalo, a diretora entrou na sala para fazer um comunicado. Disse que, depois de intensa avaliação, foi deliberado que Pablo estaria livre das acusações e que a escola iria promover atividades de integração.

Todos ficaram calados, com cara de interrogação. Foi então que a professora resolveu traduzir:

— Pablo vai voltar.

— E vai ter festa? — perguntou Júlia.

Todos riram. A professora disse que aquela era uma interpretação para "atividades de integração".

...

MAPA DE ORIGEM GEOGRÁFICA

Na segunda-feira, Pablo estava de volta. Não houve festa. Os alunos ficaram olhando para ele de canto de olho e sussurrando comentários que ele não ouvia e nem queria ouvir. O grupo de Ângelo e Augusto ficou encarando Pablo, mas não disse nada, nem o ameaçou. Sua única amiga, Júlia, estava meio ressabiada e apenas escreveu um bilhetinho dizendo *"hola"*, ao qual ele respondeu com um sorriso amarelo.

A professora estava especialmente animada. E Júlia esperava ansiosa pelas "atividades de integração", até que a professora explicou o que deveriam fazer.

— Lembram-se da árvore genealógica que vocês fizeram no ano passado?

Ninguém respondeu.

— Pois é, agora vocês vão fazer um mapa de suas origens geográficas.

Um grande ruído foi formado na classe. "O que é isso?", "Tem de desenhar?", "Ai meu Deus, mapa de novo..."

— Vocês terão de dizer onde vocês nasceram, em quais países, estados e cidades já moraram e descobrir de onde sua família vem. Onde nasceram seus pais, avós, bisavós e tataravós. Vocês devem saber o país e, se possível, o estado e a cidade. Provavelmente, aparecerá mais de um país. Nesse caso, vocês devem escolher um e apresentá-lo em detalhes. Falar sobre a cultura, o clima, a culinária, as festas, número de habitantes e outras informações. Devem preparar uma apresentação de no máximo dez minutos. Perguntas?

Ninguém entendeu direito e não houve perguntas.

— Vocês têm três semanas para entregar — terminou de explicar a professora.

Outra zoeira subiu ao teto.

— Professora, e se eu e minha família formos daqui mesmo? — perguntou Antônio.

— Você diz isso e detalha o Brasil. Mas dificilmente você chegará a essa conclusão. Veja o meu exemplo.

A professora abriu uma cartolina com o mapa-múndi desenhado à mão. Na Europa, ela colocou a foto de seus bisavós maternos e, na África, a de seus bisavós paternos. Ela contou como e por que eles vieram parar no Brasil e colocou fotos deles no mapa do país. Explicou que a família de sua mãe veio como imigrante, e a de seu pai, como escravizada. Uns começaram a vida em Minas Gerais, outros em São Paulo, cidade onde se conheceram e começaram a formar a família Souza. Depois, o pai dela se mudou para Recife, em Pernambuco, onde ela nasceu. No local, colocou uma foto dela bem bebezinha. Todo mundo riu. Quando tinha dez anos, foram para o Rio de Janeiro e cinco anos depois para São Paulo, onde ela está até hoje. Nunca morou em outra cidade.

Todos correram para perto da cartolina para enxergar melhor as fotos e os caminhos que cada pessoa da família da professora fez.

— E quem não tem foto? Acho que em casa não tem fotos antigas...

— Quem não conseguir fotos pode desenhar as pessoas ou escrever o nome e o grau de parentesco. Mas tentem encontrar fotos. Peçam ajuda a seus pais e avós.

— Qual país a senhora vai detalhar?

— Se eu fosse escolher, escolheria Portugal. Mas, como provavelmente será um país presente em muitos trabalhos da classe, não vou detalhar nenhum.

— Ahhhh...

Na bagunça criada para que todos conseguissem ver o mapa de origem geográfica da professora, Júlia e Pablo acabaram lado a lado.

— Para você vai ser fácil, na sua casa já tem tudo isso pronto, não é Pablo? — perguntou Júlia.

— Mais ou menos. Não sei de onde meus avós paternos são. Tenho de *preguntar a mi padre* — respondeu já meio nervoso, ao perceber que todos olhavam para ele.

A professora aproveitou o silêncio para retomar a aula.

Júlia não conseguiu prestar atenção em nada. Ela só pensava nas origens de sua família. Quais seriam? Egito, Grécia, Japão? Imaginou uma tataravó andando de elefante na Índia e um tio distante passando frio na Rússia.

...

DE ONDE VOCÊ VEIO?

À noite, quando sua mãe chegou em casa, Júlia a encheu de perguntas.

— Mãe, de onde você veio? E seus pais? E seus avós? E meu pai, de onde veio? Ele é paulista? E seus tataravós? São brasileiros ou o quê?

— Um minuto, mocinha. Você agora é do departamento de imigração? — perguntou a mãe, fazendo graça.

— Temos de fazer um mapa geográfico das nossas origens. Para isso preciso saber de onde nossa família veio. Tem algum indiano?

— Indiano, não, mas indígena deve ter.

— Sério?! Conta mais!

— Agora não posso. Vou terminar de fazer o jantar e depois conversamos.

— Posso já ir te fazendo as perguntas enquanto você cozinha? Assim adiantamos.

A mãe de Júlia acabou cedendo.

Não tinha outro jeito. Júlia não parava de fazer perguntas.

Querido diário, nunca pensei que ia ter saudade de escrever em você. Mas tive. Andei esses dias meio triste, sem ânimo para escrever, mas hoje na escola foi muito bom. A professora inventou uma atividade em que todos devem contar de onde sua família veio. Acho que a ideia é mostrar que todos nós viemos de algum lugar e que o Pablo não é o único a trocar de país. Eu gostei. Acho que vai funcionar. Mas o Pablo não fez cara boa, não. Acho que ele preferia que não tocassem mais nesse assunto. Para ele seria melhor que ninguém tivesse passado. Entendo. É sempre assim: quem vive viajando, quer ficar parado em algum canto. Quem não sai de seu bairro, quer conhecer o mundo. Eu sou esse segundo tipo de pessoa. Estou pensando em pedir à minha mãe para mudarmos de país. Quem sabe para a Bolívia ou para a Índia. Dois países onde as meninas usam roupas bem coloridas.

Pelo que a mamãe falou, minha família é bem misturada: indígenas, africanos, portugueses e italianos. Ihhhh, vai ser difícil escolher um país para a apresentação.

Mas a mamãe não sabe muita coisa. Só sabe a parte dos meus avós. Dos meus bisavós e tataravós ela não sabe nada. Vou ter de falar com a minha avó. Amanhã te conto as novidades vindas do passado.

...

PAZES

Quando chegou ao portão do colégio, Júlia viu que Pablo estava parado na calçada. Será que estava esperando por ela? — foi o que pensou, cheia de esperanças.

— Oi, Pablo, está esperando alguém?

— Não, só estou adiando ao máximo a minha entrada neste lugar.

— Nossa, você ainda está bem chateado.

— Estou, sim. Aqui sou o boliviano sujo que veio para atrapalhar, em casa meus primos me chamam de traidor, lá sou o brasileiro infiltrado no grupo dos bolivianos. Queria sumir.

— Minha amiga Mitiko me mandou um *e-mail*. Disse que está tudo bem e junto veio uma foto dela com uma amiga indiana. Não é legal uma brasileira e uma indiana amigas no Japão? Eu estou querendo ir para a Índia. Você conhece lá?

— Eu?! Eu, não. Já tenho muitos problemas conhecendo dois países da América Latina. Deus me livre de viajar mais!

— Você acha que viajar só traz problemas? Pois te

invejo. Eu gostaria que minha mãe e eu mudássemos de país.

— Você fala sem saber. O melhor é ficar cada um no seu canto.

— Credo, até parece que você é a pessoa mais infeliz do Brasil. Não foi bom ter vindo para cá e ficar meu amigo?

Pablo sorriu e perguntou:

— Por que as pessoas mudam de país?

— Não sei. Vou perguntar isso para a minha avó na entrevista que vou fazer com ela para o mapa da origem geográfica.

— Ainda tem isso...

— Você já fez?

— Não.

— Sei... Quer ir lá em casa hoje? Vou falar com a minha avó sobre o passado da família. Depois podemos jogar damas.

— Depois da aula?

— É.

— Eu vou, sim. Posso levar minha irmã?

— Claro.

•••

POR QUE AS PESSOAS MUDAM DE PAÍS?

Quando Pablo chegou, a avó de Júlia já estava na cozinha, fazendo bolo de fubá e bolinho de chuva, os preferidos da neta.

A irmã de Pablo disse "*Hola*", e a mãe e a avó de Júlia ficaram derretidas com uma menininha tão pequena falando outra língua.

— Não tem nada de mais. É o idioma dela, só isso — disse Júlia, meio enciumada.

Logo todos já estavam ao redor da mesa da cozinha, tomando café com leite e comendo os bolinhos.

— Você gostou da nossa tradição culinária? — perguntou Júlia para Pablo, em tom de piada.

— O bolo de fubá eu já conhecia, mas esse bolinho de chuva nunca tinha visto. É uma delícia. Por que esse nome?

— Bolinho de chuva? Ah, é porque as pessoas comem quando está chovendo — contou Júlia toda sabichona, procurando no rosto da avó um gesto que tornasse sua invenção verdadeira.

— É isso mesmo — disse dona Marta. — Como é um bolinho fácil e barato de fazer, as pessoas podem prepará-lo a qualquer momento, até quando está chovendo e não podem sair para comprar os ingredientes.

As crianças não paravam de comer, e a boa senhora foi falando com empolgação e segurança:

— Essa receita de bolinho veio de Portugal. Aqui fez muito sucesso entre o povo negro que, além de comer, vendia o produto nas ruas. Muita coisa daqui veio de Portugal. Vocês sabem que o Brasil era colônia de Portugal, assim como a Bolívia foi colônia da Espanha, não é? Eles já aprenderam isso na escola? — perguntou dona Marta para a filha, Dora.

— Não, vó, mas a gente escuta isso na televisão o tempo todo — respondeu Júlia.

— Ahh. O seu tataravô, meu avô, também veio de Portugal.

— Sério? Qual era o nome dele?

— Joaquim. Mas todos o chamavam de Bigode. Ele tinha um bigodão — disse isso e ficou equilibrando o guardanapo entre o nariz e a boca.

Todos riram. Mas a irmã de Pablo não entendeu. Ele disse:

— *Bigote.*

— Na-na-não. É bi-go-de — corrigiu dona Marta. — Mas o fato é que o seu Bigode, quando era jovenzinho, se apaixonou por uma moça alforriada, que também gostou muito dele. Os dois se casaram, tiveram filhos, os filhos tiveram netos, e de uma de suas netas, no caso, eu, veio a Dora e a Júlia — disse, apontando para a filha e a neta. — E é dessa mistura que vêm os cabelos anelados da Júlia e sua pele morena.

— Eu acho muito bonito *el pelo* de Júlia — disse Pablo, distraído por um bolinho.

— O quê? — perguntou Júlia, confusa.

— O cabelo. O seu cabelo é bonito — corrigiu, envergonhado. — Mas o que é uma moça alforriada?

— Os negros eram mantidos aqui como escravizados e quando houve a libertação eles passaram a ser chamados de alforriados, outra palavra para libertados — explicou a mãe de Júlia.

— Então meu tataravô era português e minha tataravó era africana?

— Isso mesmo. Só não me pergunte de qual parte do continente africano. Provavelmente do Congo, mas não tenho certeza.

— Nossa, isso é muito legal. Tenho de anotar tudo para o meu trabalho. E eles se conheceram aqui no Brás? — perguntou Júlia.

— Não, se conheceram na Bahia. Depois se mudaram para Minas Gerais, tiveram filhos lá, e seus filhos foram para o Rio de Janeiro. Mas as coisas ficaram difíceis e parte da família veio para São Paulo em busca de trabalho e de uma vida melhor. Foi o caso do meu avô, que seguiu para São José dos Campos, onde conheceu minha avó. Ela tinha ascendência italiana e espanhola. Viveram no interior a vida toda. Meu pai é que veio para a capital.

— Me perdi, vó. Depois você repete tudo com calma para eu anotar, igual em um ditado?

— Claro que sim — concordou dona Marta.

— Meus pais também vieram para cá para trabalhar e serem felizes — disse Pablo, pensativo.

— Essa cidade é muito boa para isso. Aqui todos encontram trabalho — disse Dora.

— E a felicidade? — perguntou Pablo.

— A felicidade não está nas cidades, mas dentro de nós — respondeu dona Marta.

— Ou dentro de un *pastelito de lluvia* — disse, tímida, a irmã de Pablo.

Hoje foi um dia de muitas descobertas. Eu nasci brasileira, mas minha família veio de vários lugares do mundo. Posso dizer que sou de uma dinastia de viajantes. Claro que a maioria deles não queria ter viajado; na verdade, foram obrigados. Tive até tataravó escravizada. Ela deve ter sofrido.

Outra novidade é que o Pablo é péssimo em damas. Ganhei dele a tarde toda. Talvez seja tristeza. Ele pareceu estar ainda magoado com a briga na escola. Depois de muitas vitórias nas damas, tomei coragem para perguntar sobre o trabalho dele. No começo ele ficou meio mudo, mas depois confessou que estava de saco cheio daquela conversa de imigrantes.

Aí eu disse a ele a mesma coisa que a minha mãe me falou: que esse trabalho era justamente para as pessoas entenderem que, de um modo ou de outro, todo mundo tem um pouco de Pablo, já que no Brasil todo mundo é misturado com todo mundo.

Ele perdeu umas quatro partidas em silêncio e então concordou que talvez fosse mesmo uma boa oportunidade de mostrar como a Bolívia é boa e bonita. Eu me ofereci para ajudar. Assim aprendo mais sobre esse país e... ficomaistempocomopablo. Pronto, falei.

...

FOTOGRAFANDO O PASSADO

No sábado, Júlia foi passar o dia com o pai. Desde que ele e sua mãe se separaram, ela passa os sábados com ele e às vezes fica o fim de semana inteiro. Seu Luiz bem que tenta inventar programas diferentes e ser divertido, mas sempre acabam indo ao *shopping*, tomam sorvete e andam de um lado para o outro, sem comprar nada. Até que Júlia diz: "Vamos ver o que está passando no cinema?". Ele concorda, mas é difícil achar um filme adequado para a idade e para o gosto de Júlia. Então, eles compram pipoca, olham os cartazes dos filmes e voltam para casa. Mas neste sábado Júlia tinha planos: iriam fotografar.

— Pai, é verdade que seus avós vieram da Turquia?

— Sim, sim. Eles vieram juntos de lá, bem jovens. Se conheceram e se apaixonaram no navio. Mas meu avô, na verdade, era grego.

— Que confusão.

— O pai dele, meu bisavô, saiu da Grécia para tentar dar uma vida melhor para a família e viveu um tempo em vários países da Europa, até na França. Mas, como sempre alguma coisa dava errado, ele mudava muito de país, até acabar na Turquia, de onde resolveu vir para o Brasil.

— Entendi. E os seus avós vieram direto para São Paulo?

— Sim. Minha família sempre viveu nessa região central de São Paulo, Brás, Bom Retiro, Mooca.

— Por quê?

— Por causa do trabalho deles, que sempre esteve relacionado aos tecidos. Vender tecidos, cortar tecidos, vender roupas, costurar roupas.

— Nossa! Igual à família do Pablo.

— Quem é Pablo?

— Meu amigo boliviano.

— Ah, sim, agora há muitos bolivianos, chineses, africanos e coreanos vindo morar em São Paulo. Antes foram os italianos, os espanhóis e os portugueses.

— Se todo mundo continua vindo, então deve ser bom morar aqui.

— Ou deve ser ruim morar onde eles moravam.

— É mesmo...

Júlia ficou pensativa sobre a decisão que todo imigrante toma: deixar suas raízes, sua cultura, sua família, seu idioma e ir morar em outro lugar. "Será que Pablo vai querer voltar para a Bolívia quando crescer, igual ao pai da Mitiko, que quis voltar para o Japão?" Para espantar os pensamentos ruins, Júlia fez logo o pedido que queria fazer ao pai:

— Pai, vamos fotografar as casas antigas desses bairros em que sua família sempre morou?

— Mas agora?

— É, agora, seu Luiz. Eu preciso para um trabalho da escola. Vamos?

Mesmo sem muita vontade, o pai de Júlia passeou com ela pelas ruas do Bom Retiro e do Brás. Com o celular do pai, eles tiraram muitas fotos de casarões antigos. Ela só pensava em como aquelas fotografias iriam ficar boas no mapa de suas origens.

Diário querido, você vai ser o primeiro a ver o meu mapa da origem geográfica.

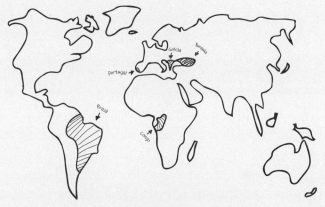

Não é legal? Eu sou um pouquinho de todos esses lugares.

O problema é que agora tenho de escolher um desses países para apresentar com detalhes. Portugal, Congo, Grécia ou Turquia?

Não consigo decidir. Amanhã vou pedir a opinião do Pablo.

• • •

LHAMAS, PONCHO, *CHOLA* E FLAUTA DE PÃ

Naquela segunda-feira, a professora tinha reservado a primeira aula para que os alunos trocassem ideias e tirassem dúvidas sobre o mapa da origem geográfica. Júlia estava curiosa sobre o trabalho dos outros, especialmente o de Pablo.

— Professora, minha mãe falou que lá em casa todo mundo é brasileiro. E agora, como faço o trabalho? — perguntou Topete.

— Explique para ela que o avô do avô de seu avô deve ter vindo de algum outro lugar — respondeu a professora.

— Ela fala que não e não. Acho que não tenho como fazer esse trabalho. Nesse caso, fico sem nota? — quis saber Topete.

A professora pareceu um pouco irritada e a classe ficou em silêncio para ouvir a bronca que Topete estava prestes a tomar.

— Topete, você se considera branco, moreno ou negro? — perguntou, séria.

— Eu sou moreno claro, eu acho...

— E seu cabelo, como é?

— Ué, é liso — respondeu Topete, passando a mão pela franja meticulosamente ajeitada no penteado que inspirou o seu apelido.

Todo mundo riu e no meio da bagunça uma voz distorcida começou a gritar: "Alisado, alisado, alisado!".

— O que é que tem? Alisei mesmo. Não sou obrigado a ter cabelo crespo — gritou de volta Topete.

— Isso não vem ao caso agora, apesar de seu cabelo original ser muito bonito também — comentou a professora. — O que interessa é que você é moreno claro com cabelo crespo. E sua irmã?

— Minha irmã é ao contrário. Ela é bem mais morena que eu, tem cabelo liso e olhos verde-claros — os meninos começaram a assobiar e gritar: "Cunhado, cunhado!".

— E o que isso quer dizer? — questionou a professora.

— Quer dizer que ela é uma sortuda.

— Não, senhor. Quer dizer que há misturas étnicas em sua família, como negros com brancos. Se sua mãe não sabe das origens familiares, pergunte para sua avó ou para outro parente.

— E a nota, professora? Quem não entregar vai ficar sem nota? — perguntou outra voz disfarçada.

— É claro. Vai ficar com zero.

Júlia nem se preocupou, seu trabalho já estava quase pronto. Só faltava escolher o país para apresentar com detalhes e preparar o mapa. Estavam todos andando pela sala e se reunindo em pequenos grupos e duplas para ver o que o outro já tinha feito. Muita gente ficou em volta de Aline, que já estava com tudo pronto. Segundo ela, só precisava acrescentar uma foto do Egito e outra do Japão. Júlia ficou apreensiva, talvez não estivesse tão adiantada assim. E só faltavam duas semanas.

— E o seu trabalho, Júlia? — perguntou Pablo, que também estava vendo o mapa de Aline.

— Mais ou menos. Até agora só fiz o levantamento dos países e tirei algumas fotos aqui na região, mas não tenho nenhuma imagem, objeto, desenho, nada para mostrar do país que vou escolher para detalhar.

— Quer ver o que eu já separei para minha apresentação? — perguntou Pablo.

— Quero, sim.

Pablo contou que descobriu que um antepassado seu, por parte de mãe, era inca, um povo muito poderoso na América Latina antes de chegarem os europeus. Que na Bolívia há mais de trinta idiomas além do espanhol. São línguas indígenas, como o aimará, o quíchua e o guarani.

Pablo foi falando tudo isso muito empolgado e puxando Júlia de canto, de modo que os demais não vissem o que ele iria tirar da sacola. Primeiro ele mostrou algumas fotos de mulheres e meninas dançando vestidas com a *chola*, roupa típica boliviana, muito colorida, composta de saia, meia de lã e chapéu. Mostrou também fotos do deserto de sal e de La Paz, todas feitas por sua mãe antes de virem para São Paulo. Havia também uma miniatura da bandeira da Bolívia, um bonequinho vestido de poncho, uma miniatura de lhama e uma flauta de pã boliviana. Júlia ficou maravilhada.

— Pablo, quanta coisa legal! Onde você conseguiu tudo isso? — quis saber Júlia.

— Lá em casa, nas malas de *mi mama* e de *mi abuelita*.

— Isso é formidável. Seu trabalho vai ficar nota dez. Já o meu... Pelo jeito não vou conseguir fazer nada bom a tempo.

— Por que não? De qual país você vai falar?

Júlia explicou para Pablo que estava dividida entre um país do continente africano (possivelmente Congo), Portugal, Grécia e Turquia e pediu a opinião do amigo. Pablo pensou um pouco, enquanto guardava o material de sua apresentação, e ao final disse, entusiasmado:

— Fiquei impressionado com o que sua *abuelita* disse sobre os africanos terem vindo para cá como escravizados. Acho que, como vieram obrigados, eles merecem que você fale deles, seria tipo uma homenagem.

Era isso. Esse era o caminho. Agora só faltava conseguir material sobre a África. Mas onde? Como? Júlia estava preocupada.

— Fale com sua avó. Quem sabe ela não guarda alguma recordação de seus antepassados.

A sugestão de Pablo deixou Júlia mais animada e ela decidiu que, ao sair da escola, iria direto para a casa da avó.

Deu tudo errado, mas ficou tudo certo. A minha avó explicou que não tinha nada para me dar porque os escravizados foram sequestrados, não vieram por vontade própria e por isso não trouxeram nada com eles. Mas minha mãe tem uma amiga que morou em Angola, viajou por todo o continente africano, e trouxe várias coisas de lá. *Tá certo que não sei exatamente se meus parentes vieram de Angola, mas Angola é África, então vamos visitar essa amiga da minha mãe e ver o que ela pode me emprestar para levar no dia da apresentação. Agora vou dormir. Tenho muito trabalho pela frente.*

...

DIZEM POR AÍ

Pablo ficou dois dias sem aparecer na escola, nem ele nem sua irmã foram à aula. Então Júlia resolveu fazer uma visita e ver se estava tudo bem.

Júlia foi recebida com alegria pela avó de Pablo.

— *La chica brasileña volvió* —, ela gritou, anunciando a chegada da amiga de Pablo. Todos foram vê-la, até os funcionários da oficina de costura. De repente, Júlia se viu cercada por mais de dez pessoas, algumas falando espanhol, outras português. Percebendo a timidez da menina, a mãe de Pablo se aproximou e a retirou da roda. "Pessoal, *la chica tiene que respirar, con permiso*", disse Nina. E a levou para a cozinha.

— Desculpe, Júlia. É que Pablo fala muito de você e, como ele é normalmente reservado, todos ficaram curiosos para te conhecer — explicou Nina.

— Ah, entendi. Ele fala muito de mim? — admirou-se Júlia.

— Fala.

— *¿Entonces esa es la guapa de la cual mi hijo está enamorado?* — perguntou o pai de Pablo.

— *Cállate. Son solamente niños* — respondeu Nina.

Júlia ficou nervosa, pois não entendeu o que estavam falando. Tentou decorar as palavras que não entendia para depois perguntar a Pablo. Mentalmente ficou repetindo *guapa, enamorado, niños*.

Nina contou que Pablo e sua irmã estavam gripados e que por isso não foram à aula, mas que ela podia subir até o último andar para falar com ele. Pablo estava preparando um trabalho da escola.

— Deve ser o mapa da origem geográfica — disse Júlia.

— O quê? — quis saber o pai.

Júlia contou sobre a tarefa e os pais de Pablo ficaram surpresos de ele não lhes ter contado nada.

— Então é por isso que ele andou fazendo tanta pergunta sobre a Bolívia e a nossa família — concluiu a mãe, pensativa. — Vá, suba, que logo *la abuelita* leva algo para *picar* — disse Nina, mostrando a escada para Júlia.

Quando Júlia chegou, encontrou Pablo debruçado sobre uma pequena máquina de costura.

— Você sabe costurar?!

— Oi, Júlia, você por aqui? Sei, sim! Aqui em casa todo mundo sabe, até quem quer ser médico, como eu.

— Vim ver como você está. Tudo bem?

— Com um pouco de gripe, um bocado de preguiça de ir à aula e esse negócio de mapa da origem está me dando muito trabalho. O seu está pronto?

— Eu achava que sim, mas vendo o seu mudei de ideia. O que você está fazendo?

— Uma miniatura de *chola* para colar na cartolina. Minha mãe nunca me deixaria levar um de seus vestidos para a escola. É muito difícil costurar roupas pequenas e também não encontro a tesoura para cortar os moldes.

— Sua avó já está trazendo.

— Minha avó? Como ela sabe que eu preciso de uma tesoura?

— Não sei. Sua mãe disse para eu subir que depois a *abuela* traria algo para *picar*.

— Não, Júlia. "Algo para *picar*" é o jeito em espanhol de dizer lanchinho ou alguma coisa para comer — disse Pablo, rindo.

Quando chegou com o *buñuelo*, a avó de Pablo quis saber o que era tão engraçado. Pablo contou das confusões com as palavras parecidas em português e espanhol, mas que tinham significados diferentes. Nina, que estava chegando com os refrigerantes, disse que aquilo tinha nome.

— São os falsos amigos — explicou ela.

— Falsos amigos... Que engraçado — disse Júlia.

— Tecnicamente, chamam-se falsos cognatos, mas são mais conhecidos como falsos amigos, porque parecem conhecidos, mas não são.

— É o que está acontecendo na escola entre os estrangeiros e os brasileiros, só que ao contrário. Somos verdadeiros amigos, pois apesar de parecermos diferentes somos iguais — disse Pablo, animado com sua descoberta.

— É! E você pode usar isso no seu trabalho. Posso provar um pastel desses? — pediu Júlia.

— Claro que pode. Nós o chamamos de *buñuelo*, é parecido com o seu pastel, mas sem recheio. E, por falar em trabalho, por que não nos contou nada sobre isso, *hijo*? — perguntou Nina.

— É coisa minha, mãe. Quero fazer isso sozinho.

— Tudo bem, mas, se precisar de ajuda, conte comigo.

A avó e a mãe deixaram Pablo e Júlia sozinhos. Enquanto comiam o lanche, Pablo mostrou as fotos do deserto de sal que levaria para a escola, e eles continuaram a conversar.

— Então você quer ser médico, Pablo? — quis saber Júlia.

— Igual meu primo. Você não o conhece. Ele vem pouco aqui. E você, o que quer ser?

— Não sei ainda, antes queria ser advogada. Agora estou interessada em viajar.

No meio da conversa, Júlia se lembrou de perguntar sobre as palavras em espanhol ditas pelo pai de Pablo que ela não tinha entendido.

— *Guapa*, *enamorado*, *niños*. Quer dizer bonita, apaixonado e crianças. Do que será que meu pai estava falando?

— Não faço ideia. E está na hora de ir para casa. A gente se vê na escola.

Ai, diário, o trabalho do Pablo está melhor que o meu. Tenho de reconhecer. Ele fez miniaturas de vestidos e de lhamas, colou fotos e vai levar até um poncho e um punhado de folha de coca seca. Mamãe disse que isso pode causar problema. Mas acho que não. Ele vai explicar que, por causa da altitude ser muito elevada, os bolivianos mastigam essas folhas para respirar melhor. Pablo diz que é uma tradição de oito mil anos entre os povos andinos. Mas mamãe acha melhor eu pedir para ele não falar sobre isso. Pois os preconceituosos podem passar o resto do ano fazendo piadinhas. Vou avisar o Pablo. Não sei se ele vai me ouvir.

Tenho o resto dessa semana e a outra para melhorar minha apresentação. Tive uma ideia boa. Vou pesquisar na internet um vídeo com alguma dança africana para mostrar para a turma que o samba e a música baiana vieram da África também. Mas a mamãe tem de me deixar levar o *notebook* dela para a escola... E, para que isso aconteça, vou precisar da sua ajuda. Querido diário, vou mostrar para minha mãe que estou escrevendo em você e ela vai ficar tão satisfeita que vai me emprestar o *notebook*. Combinado?

Ah, tem mais uma coisa. O pai do Pablo acha que ele gosta de mim. *Enamorado.*

...

EM BUSCA DO TEMPO PERDIDO

Júlia tinha uma semana e quatro dias, contando com o fim de semana, para terminar seu mapa. Parecia tempo suficiente, mas as coisas não saíram como ela esperava.

Na quinta-feira, logo depois da aula, ela aproveitou que a mãe não estava trabalhando e foi usar o computador. Queria procurar fotos da Grécia para colar no mapa. Mas o *notebook* não dava sinal de vida. Júlia ficou desesperada.

— Mãe, o computador não liga! Não fui eu, já estava assim quando cheguei!

— Pois é, está assim desde manhã. Já liguei para o técnico. Parece que pegou um vírus, vou levá-lo para consertar.

— Justo agora que eu precisava terminar a pesquisa na internet — lamentou Júlia.

— E eu tenho de entregar a revisão do livro até terça-feira. Sem o computador vou ter de trabalhar na casa de uma amiga durante o fim de semana e na editora segunda e terça. Filha, você vai ficar mais sozinha esses dias, não tem outro jeito — explicou Dora.

— Mas justo agora que preciso da sua ajuda para terminar minha pesquisa!

— Por que não passa o fim de semana com o seu pai? Ele te ajuda com o mapa e você pode usar o computador dele.

— Boa ideia. Vou ligar e combinar tudo.

Na sexta-feira, Júlia chegou na escola com uma mochila de viagem. Pablo estranhou e foi pé ante pé perguntar em tom de piada:

— Já vai embora para a Índia?

— Ai, Pablo, que susto! Não, não, claro que não. Só vou passar o fim de semana com o meu pai. O computador da minha mãe quebrou e preciso da internet para terminar o mapa, então vou ficar na casa do meu pai.

— O *ordenador* de casa também está sempre com problemas — disse Pablo.

— *Ordenador*? O que é isso? — perguntou Júlia.

— *Ordenador*, é isso da sua mãe que está quebrado. Em português se diz computador. Em espanhol se diz *ordenador* ou *computadora*.

— *Computadora*, no feminino. Legal. Mas estou sem nenhum dos três, nem computador, *ordenador* ou *computadora*. Espero que o conserto fique pronto até o fim da semana que vem. Vou trazer o *note* para ajudar na apresentação.

— Então é um *portátil*?

— *Portátil*?

— Sim, um computador pequeno que podemos levar para qualquer lugar.

— Ah, um *notebook*? — adivinhou Júlia.

— *Notebook*. Isso mesmo, um *portátil*.

"Mais algumas palavras para anotar em meu diário", pensou Júlia.

— O *ordenador* lá de casa não é muito bom, mas, se quiser, pode usar — disse Pablo, enquanto iam para a classe.

— *Muchas gracias* — respondeu Júlia.

• • •

A CAIXA FLORIDA

Assim que chegou na casa do pai, Júlia correu para o computador e começou a pesquisar sobre a Grécia. As fotos eram lindas. O mar sempre tão azul em contraste com as casas que, de tão brancas, pareciam prateadas.

— Nossa, que fotos bonitas — disse o pai de Júlia, quando foi ver o que ela estava fazendo no computador.

— É a Grécia. Vou salvar algumas para colocar no meu mapa e mostrar a origem da nossa família. Você não falou que seu avô era de lá?

— Ah, mas as fotos que tenho são muito diferentes disso.

— Como assim, fotos? Você tem fotos da Grécia e nunca me mostrou?

— Achei que você não iria se interessar por essas coisas velhas.

— Mas, pai, eu já não te falei que estou fazendo... Deixa pra lá, me mostra essas fotos, por favor.

— Vamos ver se encontro a caixa que minha mãe deixou. Acho que está lá no maleiro, ao lado de outras tralhas.

— A vovó te deixou uma caixa com fotos antigas? — perguntou Júlia, seguindo o pai até o quarto.

— É uma caixa toda florida. Sempre penso em jogar fora, para abrir espaço no guarda-roupa, mas tenho dó. Minha mãe adorava aquelas fotos — seu Luiz ia falando e procurando a caixa no maleiro.

— Achei. Vamos ver.

Quando ele abriu a caixa, um cheiro de naftalina e rosas tomou conta do quarto.

— Que cheiro estranho — disse Júlia, respirando mais fundo.

— É o perfume da minha mãe. Ele ainda está na caixa. Adorava esse cheiro de flor.

— Pena que a naftalina estraga um pouco, né, pai? Vamos ver o que tem dentro?

O pai de Júlia começou a mexer no conteúdo da caixa e tirou de lá um relógio antigo, um maço de cartas amarradas com uma fitinha encardida, alguns cartões-postais e várias fotografias. Não havia muitas fotos de paisagem, a maioria era de gente. Pessoas desconhecidas, paradas uma ao lado da outra, fazendo pose para a fotografia.

— É tudo preto e branco. Que diferente. Por que ninguém está rindo, pai?

— Não era tempo de risadas.

— Todo mundo tão arrumado.

— Acho que eles colocavam as melhores roupas para tirar foto. Naquela época, início do século XX, tirar foto era um luxo.

— Quem são essas pessoas?

Um silêncio tomou conta do quarto.

— Não sei.

— Como não sabe? Você tem de saber.

— Deixe-me ver. Esta aqui deve ser minha avó ou será minha bisavó?

— E a minha avó? Tem foto dela e do vovô? — quis saber Júlia.

— Eles devem aparecer nas fotos do Brasil — ele pegou outro maço de fotografias e começou a procurar. — Veja, esta é a minha mãe, sua avó.

Júlia ficou encantada com a linda jovem vestida de noiva. O cabelo e os olhos bem pretos deixavam o vestido ainda mais branco.

— Parece uma princesa — disse, distraída.

— Parece mesmo. Bom, vou deixar você escolhendo as fotos que quer levar para a escola e vou até o mercado comprar nosso almoço, tudo bem?

Quando ele voltou, Júlia já tinha selecionado as fotos para o mapa, só havia um problema: quem eram aquelas pessoas?

— Não posso levar fotografias de pessoas que nem sei dizer quem são.

— Você leva e conta a verdade.

— Qual é a verdade, pai?

— Que são fotos de parentes gregos e turcos, mas que não sabemos quem é quem. Pronto.

Júlia não gostou muito, mas não tinha outra solução. Pelo menos seu trabalho estava ficando bem original.

Na segunda-feira, o pai a deixou na escola antes de ir trabalhar e Júlia não resistiu à vontade de mostrar as fotos para Pablo durante o recreio.

— Olha, Júlia, esta garotinha encostada no trem parece você — disse Pablo, pegando uma foto.

— Deixa eu ver. Parece mesmo. Será uma tia-bisavó?

— Nesta aqui tem até um cachorrinho.

— Como será o nome dele?

— Você não sabe o nome nem das pessoas, quanto mais do cachorro.

— Será que a professora vai tirar pontos da minha nota por isso?

— Não, não. Seu trabalho vai ficar muito bom. *No te preocupes, chica.*

— É mesmo... Hoje minha mãe vai combinar a visita à casa da amiga dela que conhece bem alguns países africanos. Acho que vai ser quarta ou quinta e eu terei de faltar na escola, pois a moça só pode receber a gente na parte da manhã. Depois você me empresta seu caderno para eu copiar a matéria?

— *Por supuesto.*

Júlia gostava quando Pablo falava espanhol para fazer graça.

...

UM DIA (QUASE) NA ÁFRICA

Na terça-feira, Dora entregou a revisão do livro, como estava combinado, e ficou aliviada de poder ajudar a filha no trabalho da escola.

— Bom, Júlia, agora sou toda sua. Por onde começamos?

— Ligue para a sua amiga. Será que podemos ir lá amanhã?

Não. Não podiam. Só na quinta-feira. Foi o que ficou combinado por telefone. Enquanto isso, Dora e Júlia trabalharam no mapa e nas fotos da família. Na quinta, Júlia faltou na escola para visitar a amiga da mãe. Demorou, mas valeu a pena.

Querido diário, a amiga da minha mãe se chama Alice. Ela morou dois anos na África e disse que todo o continente é lindo, com desertos, selvas, praias. Que lá se fala uma centena de idiomas. Que as pessoas são muito alegres e amigas, como os brasileiros, e que, como aqui, há muita pobreza. Ela falava sem parar e eu fiquei tentando decorar o máximo possível.

A casa da moça é um museu africano. Ela tem livros, fotografias, roupas, CDs, tudo. Eu queria encher um saco e levar lá para a escola, mas a minha mãe disse que eu poderia escolher apenas três coisas das dezenas de peças que a amiga dela colocou em cima da cama.

Escolhi um ovo de avestruz com um leão, um elefante e uma zebra pintados nele. Uma *gamela*, um tipo de prato esculpido na madeira. E uma miniatura do *gong*, um instrumento musical parecido com nosso triângulo.

Alice tem muito cuidado com suas coisas. Ela chama tudo aquilo de coleção e, às vezes, de acervo. Ela não deixou que nós trouxéssemos as coisas que eu escolhi. Depois de me fazer jurar que vou ter o máximo de cuidado com tudo, ela combinou que minha mãe passará lá na segunda-feira, antes da aula da apresentação, pegará tudo e devolverá depois da aula, no mesmo dia.

O meu mapa vai ser o melhor. Ah, vai.

...

MISTURADOS E JUNTOS

No dia da apresentação, Júlia estava sentindo uma mistura de ansiedade, medo e alívio. Ansiedade porque queria mostrar o resultado de quase um mês de trabalho para os colegas e estava orgulhosa de suas origens. Medo porque teria de falar em público. E alívio porque toda essa história de diferenças entre brasileiros e estrangeiros iria acabar, ou ao menos diminuir.

Às cinco da manhã, ela pulou na cama da mãe.

— *Tá* na hora, *tá* na hora.

— *Tá* na hora de que, menina? Nem amanheceu ainda. Volte a dormir, Júlia.

Júlia não conseguia dormir mais. Tomou banho, se vestiu, pôs a mesa do café da manhã e ficou assistindo à televisão até sua mãe se levantar. Quando a mãe apareceu na sala, ela já foi perguntando:

— Mãe, você não vai se atrasar para buscar as coisas na casa da Alice, né?

— Está tudo combinado. Fique tranquila. Saio daqui às sete, chego na casa dela às oito e encontro você na escola na hora do intervalo, às nove e meia. Você faz a apresentação depois do intervalo. Pronto. Tudo certo.

— Tomara. E se alguma coisa der errado e você se atrasar?

— Não vai acontecer nada. Mas... se acontecer... você pede para a professora te deixar por último e avisa que eu já estou chegando.

— Por último é chato.

— As melhores coisas acontecem no final. Você não vê nos filmes?

— Não se esqueça de levar o *notebook*.

— Não esqueço. E pode deixar que levo também a cartolina com o mapa.

Júlia estava preocupada, mas não podia fazer nada, a não ser aproveitar a apresentação dos outros e esperar.

Quando chegou na escola, todo mundo tinha uma cartolina debaixo do braço e uma sacola diferente, cheia de coisas vindas de outros países. Menos Júlia.

Ela ficou muito aflita e preocupada.

— Ei, Júlia, cadê seu trabalho? — perguntou Pablo.

— Minha mãe vai trazer mais tarde.

— Ela vai ver sua apresentação?

— Não. Só vai trazer as coisas.

— Minha mãe queria vir de todo jeito.

— Você não deixou?

— Eu, não. Com ela viriam minha avó, meus tios, tias e primos. Quando visse, a Bolívia inteira estaria aqui.

A professora cortou o papo da turma e começou a chamar os primeiros trabalhos. As apresentações seriam por ordem alfabética e, como eram muitas, não teriam intervalo, mas no fim da aula haveria um lanche especial para a turma. Júlia ficou amarela e suando frio quando soube da apresentação em ordem alfabética. Ela não conseguiria ficar para o final.

A primeira a apresentar foi a Aline e depois o Ângelo. Ele parecia muito contrariado e envergonhado, mas depois foi ficando animado com a história que contava. Disse que sua família veio de longe, uma parte da África e outra da Holanda, se juntaram em Pernambuco e vieram para São Paulo. Ele pegou um papel do bolso e começou a ler:

— Meu pai contou que nossos antepassados chegaram a Olinda no ano 1600 e começaram uma guerra sob o comando do governo holandês, que queria ser dono do Nordeste e do açúcar de lá. Os holandeses perderam a guerra e foram expulsos, mas alguns ficaram em Pernambuco. Meu pai falou que a minha família nunca gostou de briga e que deve ter lutado obrigada pelo governo. Assim que a guerra acabou, meus parentes não voltaram para a Holanda, se casaram com moças portuguesas, indígenas e africanas. Eles tiveram filhos, netos, bisnetos, um deles era meu tataravô, que se casou com uma africana que tinha sido escravizada. Eles tiveram filhos, vieram para São Paulo e uma de suas filhas se casou com um italiano aqui da região do Brás e da Mooca. Desse casamento é que nasceu meu avô, pai do meu pai.

— Nossa, Ângelo, quantos detalhes. Como você descobriu tudo isso? — perguntou a professora.

— Depois do que aconteceu aqui... A briga com os bolivianos... Meus pais quiseram me mostrar que a minha família também veio de longe, eles me ajudaram na pesquisa — respondeu, com timidez.

— Você já sabia de tudo isso, Ângelo? — perguntou a professora.

— Não, descobri fazendo este trabalho.

— Então quer dizer que seus parentes já passaram pelo que a família do Pablo está passando?

— Parece que sim — concluiu o menino de cabeça baixa.

— E a família da sua mãe? — perguntou alguém sentado no fundo da sala.

— Minha mãe não sabe muita coisa, só que seus bisavós maternos vieram da Espanha.

— Então na sua família também se diz *gracias*, hein, Ângelo? — alguém gritou, em tom de piada.

Ângelo ficou vermelho de vergonha, abaixou a cabeça e voltou para sua carteira. Mas para isso deu a volta pelo lado esquerdo, como se fosse sair da sala, andou até as últimas fileiras e só então pegou o rumo certo de seu assento. Todos entenderam o motivo do desvio quando viram que Ângelo, discretamente, entregou um bilhetinho para Pablo.

Desculpa aí

Depois de ler, Pablo colocou o bilhete embaixo do caderno e ficou olhando a cabeça do colega da frente, para evitar encontrar o olhar de alguém da sala. Ficou parado nessa posição até ter certeza de que ninguém estava olhando para ele.

As apresentações continuaram e, na vez de Augusto, a história se repetiu: sua família era libanesa.

E assim, um após o outro, todos tinham parentes que vieram de fora do Brasil. Débora, uma menina muito tímida, surpreendeu dançando a tarantela italiana. E Fábio imitou um toureiro espanhol. Depois de Isabel, Jair e João, a professora chamou Júlia. Ela explicou que as coisas de que precisava para fazer a apresentação estavam com sua mãe e que ela chegaria só no final da aula.

— Posso apresentar por último?

— Pode, sim. Mas, se sua mãe não chegar, você vai ficar sem nota.

— Posso ir ao banheiro?

— Tudo bem.

Júlia ficou com uma tremenda dor de barriga e depois de ir ao banheiro foi à secretaria pedir para ligar a cobrar no celular da mãe.

— Mãe, onde você *tá*?!

— Filha, deu tudo errado. A Alice não estava em casa. O porteiro dela disse que ela foi viajar.

— E agora? Vou ficar sem nota.

— Não vai, não. Estou resolvendo tudo aqui na Rua 25 de Março. Já, já eu *tô* aí.

Júlia não entendeu nada, mas ela confiava na mãe. Voltou para a classe a tempo de ver a apresentação de Pablo. Todos ficaram admirados com as fotos do deserto de sal, a miniatura da lhama e a *chola*. As folhas de coca causaram muita curiosidade e nenhuma piada de mau gosto. A flauta de pã correu de boca em boca.

Depois teve a apresentação do Pedro, do Roberto, da Sandra e nada da mãe de Júlia chegar.

Vendo a aflição de Júlia, a professora propôs que ela contasse o que descobriu na sua pesquisa e que trouxesse os objetos na próxima aula. Júlia concordou, prendeu o choro e foi para a frente da classe falar do mapa da origem de sua família. Quando já estava terminando de apresentar a parte europeia, mesmo sem as fotos da família de seu pai, Dora chegou com várias sacolas de plástico, a cartolina com o mapa e o *notebook*. Júlia correu ao encontro dela e a mãe disse bem baixinho no seu ouvido:

— Nada de choro. Pendure a cartolina na lousa e vá falando enquanto eu espalho os objetos e ligo o computador.

Júlia fez o que a mãe mandou. Quando chegou a hora de mostrar os objetos, ela não sabia o que dizer, pois nunca tinha visto aquelas coisas antes. Aí a mãe dela teve de ajudar.

— Gente, a pessoa que ia emprestar os objetos africanos precisou viajar às pressas e a Júlia ficou sem o que apresentar. Então eu corri na Rua 25 de Março e comprei essas coisas que não são verdadeiramente africanas, mas que imitam coisas de lá.

Júlia lembrou do que a amiga de sua mãe contou e começou a improvisar. Pegou as pequenas estátuas de girafa, leão e elefante e falou das florestas e savanas africanas. Bateu no tambor e falou da música e dos rituais africanos. E, com um tecido multicolorido, mostrou como as mulheres e as crianças enrolam panos na cabeça para carregar sacolas e latas d'água. Todo mundo se divertiu muito com as esculturas e o tambor. Júlia nem apresentou o vídeo de dança africana que tinha baixado da internet.

E foi uma risada só quando a mãe de Júlia detalhou para a professora onde ela havia comprado todas aquelas coisas "africanas".

— Foi numa loja de um chinês em sociedade com um turco e o balconista era coreano. Bem apropriado para este trabalho, não?

A professora concordou e todos riram da mistura de países, culturas, idiomas, cores e caras que formam São Paulo e o Brasil.

— Professora, a aula já acabou? Vamos todos comer pastel da banca do japonês? — perguntou um aluno, em tom de graça.

— Não! Vamos para a padaria do Manuel, o português, comer pão — respondeu outro piadista.

— Como não temos dinheiro, vamos até a cozinha da escola para ver o que a dona Margarida, que nasceu na Ilha da Madeira e veio nenezinha para o Brasil, tem para nos oferecer — convidou a professora.

Todo mundo correu para o pátio.

"Sabia que ia terminar em festa", pensou Júlia. E, provocativa, ela gritou para o amigo:

— Quem chegar por último...

— *Es cola de llama* — completou Pablo.

...

A marca FSC® é a garantia de que a madeira utilizada na fabricação do papel deste livro provém de florestas que foram gerenciadas de maneira ambientalmente correta, socialmente justa e economicamente viável, além de outras fontes de origem controlada.

Esta obra foi composta em Source Sans e impressa pela Gráfica HRosa em ofsete sobre papel Pólen Natural da Suzano S.A. para a Editora Escarlate em março de 2024